Pepe, der spanische Hund, erzählt

HANJO MOSER

Pepe, der spanische Hund, erzählt

Bibliografische Information der Deutschen Nationalbibliothek
Die Deutsche Nationalbibliothek verzeichnet diese Publikation
in der Deutschen Nationalbibliografie; detaillierte bibliografische
Daten sind im Internet über http://dnb.d-nb.de abrufbar.

© 2015 Hanjo Moser
Umschlagdesign, Satz, Herstellung und Verlag:
BoD – Books on Demand
ISBN 978-3-7386-7910-6

Lektorat: Miriam Moser, Mail: miriammoser@satzbildner.de
Beratung: Andrea Urbach
Mail: pepe.buch@gmx.com
Vom Autor stammt auch das Kinderbuch: „Der große, starke Mann"
Mail: starkermann.buch@gmx.eu
Homepage: hanjomoser.jimdo.com

Zu diesem Buch:

Pepe, der spanische Hund, erzählt

Ein deutscher Mann, Opa von fünf Enkelkindern, fährt mit dem Fahrrad in seiner neuen Wahlheimat Spanien durch das Hinterland, an der Küste der Costa Blanca entlang. Ihm begegnet ein kleiner, herrenloser, junger Hund, der hilflos herumrennt. Diese Begegnung nutzt der kleine Hund, um den Fremden zu seinem Rudelführer zu machen.

Dies alles, sowie die tollen und seltsamen Erlebnisse der darauffolgenden Jahre, erzählt der Hund seinem neuen Herrchen, trotz aller Sprachschwierigkeiten und Übersetzungsprobleme zwischen Mensch und Hund, der deutschen und spanischen Sprache. Und das Herrchen, also der Opa der fünf Enkelkinder, hat, weil er schreiben kann, alles wahrheitsgetreu aufgeschrieben. Daraus ist dann dieses Buch mit Fotos von Pepe entstanden.

Hanjo Moser

Inhaltsverzeichnis

1. Über meine Herkunft …

Hola, das ist Spanisch und heißt: Hallo. Ich bin Pepe, das ist eine Variante des Vornamens Josef, ein spanischer Hund, der nun bei seinem deutschen Herrchen in Spanien lebt.

Schon jetzt, mit gut zwei Jahren, möchte ich meine Lebensgeschichte erzählen, denn ich habe in dieser Zeit schon mehr erlebt als ein gleichaltriges Menschenkind. Außerdem zählt ein Hundejahr ungefähr sieben Menschenjahre. Demnach wäre ich schon ungefähr vierzehn Jahre alt. So flegelhaft benehme ich mich auch, sagen die Menschen, besonders mein Herrchen.

Aber nun mein Leben von Anfang an, wie es wirklich bisher verlaufen ist. Geboren wurde ich in Callosa de Segura, das ist ein kleiner Ort an der Costa Blanca bei Alicante in Spanien.

In meinen Hundeeltern und denen davor und denen davor vereinigten sich sicher fast alle Hunderassen. Das hat den Vorteil, dass man von allen Rasseeigenschaften etwas mitbekommt. So zum Beispiel ganz viel Schlauheit im Kopf oder auch eine besonders gute Gesundheit, da man ja nicht überzüchtet ist.

Ich finde, dass ich ganz gut aussehe. Besonders lustig sah ich im ersten Jahr aus, als ich noch ein Schlappohr hatte. Mein Herrchen sagte immer: „Du siehst ja aus wie eine Fledermaus." Das fand ich nicht schlimm, da ich überhaupt keine Fledermaus kannte.

Also, an meine Eltern und Geschwister will ich mich nicht mehr erinnern. Besonders aber nicht an meine früheren Menschen und Besitzer. Die haben mich nämlich nach ein paar Monaten einfach rausgeschmissen, ohne Grund. Darum musste ich mich schon von klein auf selbst ernähren. Trinken war kein Problem. Obwohl es hier im Sommer sehr heiß ist, bis 40 Grad. Aber es gibt überall Wasserstellen, an denen ein Hund trinken kann. Mit dem Essen war das schon etwas schwieriger. Normalerweise essen wir Hunde hauptsächlich Fleisch. Aber wie sollte ich als kleiner, junger Hund an Fleisch kommen? Da liegt ja nicht einfach so ein Stück Fleisch oder ein Knochen in der Gegend herum. Übrigens heißt „essen und trinken" bei Hunden „saufen und fressen". Das Saufen hat aber nichts mit Alkohol zu tun. Das sagt man nur bei Menschen, die viel zu viel Alkohol trinken.

Also – wo sollte ich Fleisch herbekommen? Es gäbe die Möglichkeit, andere Tiere zu fressen. Das habe ich auch versucht. Zunächst Vögel. Aber das war unmöglich, sie flogen mir immer vor der Schnauze davon, ich konnte noch so schnell rennen, sie waren weg. Dann habe ich es mit Kaninchen versucht, die waren schlau und schnell. Rannten wie verrückt und immer wenn ich glaubte, eins zu erwischen, schlug es einen Haken nach rechts oder links und ich Depp lief geradeaus. Igel hätte ich auch gemocht, da habe ich mir aber gleich beim ersten Versuch die Nase tüchtig zerstochen.

Welche Möglichkeit hätte ich noch gehabt, an Fressen zu kommen? Ja klar, wie die anderen Dorfköter die Mülleimer durchsuchen, schimmeliges Menschenbrot oder so zu fressen. Aber nein, dafür war ich mir zu fein. Ich habe mir überlegt, was hier alles so wächst im warmen Spanien: Datteln, Feigen, Oliven, hin und wieder Trauben, auch Tomaten. Das stellte sich als eine gute Idee heraus. Eigentlich bin ich dadurch fast ein Vegetarier geworden. Mein Herrchen lacht sich noch immer schlapp, wenn ich Tomaten fresse oder Oliven, Bananen und Apfelstücke, Trauben, Feigen und die anderen Früchte aus unserem Garten. Fleisch und Knochen mag ich nämlich gar nicht so gerne, ist nicht mein Ding.

2. Auf dem Weg zum neuen Herrchen und meinem neuen Zuhause

Aber nun weiter mit meinem Leben als junger Hund auf der Straße. Nachdem ich nun eine ganze Zeit so alleine herumgelaufen war, dachte ich mir, dass es an der Zeit sei, mir ein neues Zuhause zu suchen, mit Menschen, die mich mögen. Dann bräuchte ich mich um vieles nicht mehr selbst zu kümmern. Hätte immer etwas zu fressen und zu saufen, bei schlechtem Wetter ein Dach über dem Kopf und vieles mehr. Und ich würde gestreichelt, was mir sehr gefällt.

Nur das mit dem Suchen war gar nicht so einfach, wie ich mir das vorgestellt hatte. Wenn ich mich irgendwo vor ein Tor stellte, hinter dem sich ein Haus befand, kamen entweder widerliche, große, bellende Hunde angerannt oder Menschen, die mich mit Knüppeln oder dergleichen verjagten.

Also versuchte ich etwas anderes. Ich legte mich in einen Straßengraben und wartete, bis ein stinkendes lautes Ding (Auto) vorbeikam. Da saßen immer Menschen drin. Ist wohl eine Menschenhütte, die sich bewegt, dachte ich. Unglaublich, wie schnell diese Ungeheuer sind, die haben doch auch nur vier Beine. Okay, diese Beine sind natürlich anders als Hundebeine, rund und schwarz. Vielleicht sind sie deshalb so schnell.

Was geschah also? Die lauten Dinger hörten gar nicht auf zu laufen, die hatten vielleicht eine Kondition, unfassbar. Und ich rannte hinterher. Aber kein einziges Ding blieb stehen und nahm mich mit. Dabei waren die alle groß genug, da passte ich locker rein. Aber einen Vorteil hatte das ganze Gerenne dann doch: Ich bekam eine Bombenkondition. Die hat mir sehr geholfen, wenn andere Hunde mich ärgern und kriegen wollten. Denen konnte ich nämlich davonrennen.

Das half mir aber auch nicht darüber hinweg, dass ich von Tag zu Tag trauriger wurde. Als ich schon fast aufgeben wollte, kam dann ein ganz komisches Ding an mir vorbei.

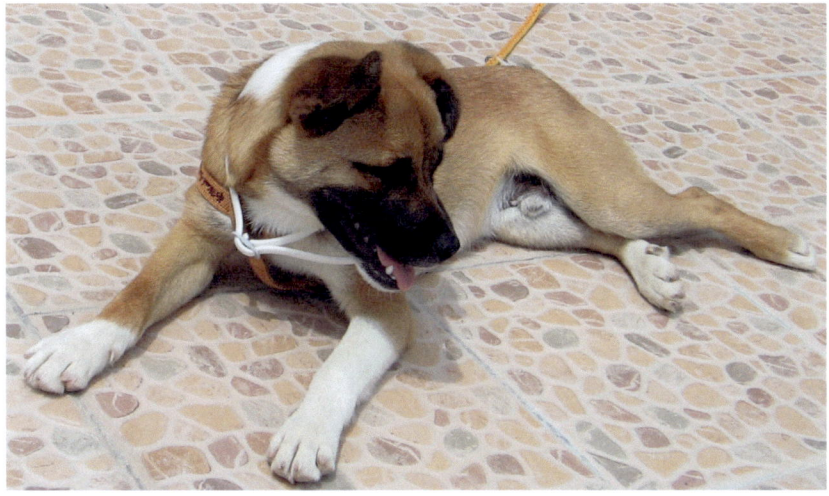

Es war leise und stank auch nicht. Allerdings hatte es nur zwei runde, schwarze Beine. Dann hatte es noch zwei Arme in der Mitte, die sich drehten. Noch lustiger war, dass ein Mensch in der Mitte saß, der diese Arme mit seinen Füßen bewegte. Nun dachte ich mir, dass dieses Ding mit zwei Beinen nicht so schnell sein konnte wie die mit den vier schwarzen Beinen.

Es war ein sehr heißer Nachmittag, circa 35 Grad. Egal, dachte ich mir, hinterher. Habe aber, da ich nicht wusste, ob der Mensch gut oder böse war, reichlich Abstand gehalten.

Es dauerte nicht lange, da bemerkte der Mensch, es war ein Mann, dass ich hinter ihm herlief. Irgendwann, meine Zunge hing schon weit aus meinem Maul vor Anstrengung, hielt der Mann (auf dem Fahrrad, wie ich heute weiß) an, und rief irgendetwas, was ich nicht verstand. Später erfuhr ich erst, dass er nicht spanisch gesprochen hatte, sondern deutsch. Er war wohl in den Niederlanden geboren worden, in Deutschland hatte er lange gelebt und war dann im Ruhestand zu uns hier nach Spanien gezogen. Komisch alles, ich konnte ja auch nur wenige Worte Spanisch verstehen, da ja keiner mit mir redete.

Also, er rief etwas und ich merkte, dass er mich loswerden wollte. Warum, dass wusste ich nicht. Aber er konnte ja nicht wissen, dass ich erstens alleine und zweitens sehr nett war. Als er weiterfuhr, rannte ich einfach weiter hinter ihm her. Meine Zunge hing schon fast bis zum Boden, ich musste stark hecheln, damit ich mich abkühlen konnte. Wir Hunde schwitzen nicht so wie Menschen. Wir können uns nicht über die Haut abkühlen. Bei uns geht das mehr über die Zunge und die Pfoten.

Der Mann merkte dann doch, dass ich nach vielen Kilometern ziemlich kaputt war vom Laufen in dieser Hitze. Er hielt wieder an. Ich sah, dass er in einer Flasche etwas zu trinken hatte. Er rief mich zu sich (verstand ich zwar nicht, merkte es aber). Ich überwand mich, weil mein Durst so groß war, und lief zögernd zu ihm. Als ich ganz nah bei ihm war, ließ er aus der Flasche Wasser in seine Hand fließen und hielt mir diese hin. Er hatte wohl keine Gefäße oder Ähnliches mit. Na ja, ich trank jedenfalls. Ganz vorsichtig, herrlich.

Da der Mann mich nicht trat oder schlug, sogar recht freundlich war, fasste ich einen Entschluss, der mein und sein Leben verändern sollte. Ich beschloss nämlich, dass dieser Mensch mein „Rudelführer" werden sollte. In Menschensprache heißt das wohl „Herrchen".

Er fuhr dann mit seinem Fahrrad weiter und ich rannte wieder hinter ihm her. Bestimmt so circa sechs Kilometer. Vor einer großen Straßenkreuzung hielt er an und sprach auf mich ein. Da ich ja immer noch nichts verstand, setzte ich mich hin und hörte einfach nur zu. Es geschah eine Weile nichts, bis er mich plötzlich einfach hochnahm und auf seinen linken Arm setzte.

Später, als ich Deutsch verstand, erzählte er mir, dass, wenn er mich nicht an dieser Straße mit den vielen Autos auf den Arm genommen hätte, ich wohl totgefahren worden wäre. Das wäre schade gewesen, aber nicht nur für mich, sondern auch für meine ganze Menschenfamilie, die ich heute habe. Also hat er ja nicht nur etwas Gutes für mich getan.

Als ich so auf seinem Arm saß und er die Straße entlangtrampelte, dachte ich: Das ist doch toll, brauchst nicht selbst zu laufen in dieser Hitze, kannst dir in Ruhe die stinkenden Autos ansehen, ohne dass sie dir wehtun, und die Gegend siehst du auch viel besser.

Nach einiger Zeit bogen wir ab in einen Feldweg. Direkt am Feld stand ein Bauer und grüßte sehr freundlich den Mann und mich mit: „Buenas dias." Das heißt „guten Tag". Ich glaubte aber, der schimpft mit uns und will uns was. Darum schimpfte ich mit dem Bauern, um ihm Angst zu machen und uns zu schützen. Mein Schimpfen besteht aus bösem Knurren und Bellen. Was dann geschah, habe ich damals als Frechheit empfunden. Der Bauer und mein Fahrer lachten lauthals los. Na ja, ich war ja auch noch relativ klein und unerfahren im Umgang mit Menschen.

Aber meinem Menschen hat mein Verhalten wohl doch so gut gefallen, dass er, als er mich auf den Boden setzte, Folgendes zu mir sagte: „Wenn du kleiner Frechdachs bis zu meinem Haus weiter hinter mir herläufst, hast du gewonnen und ein neues Zuhause."

Es war im Grunde egal, was er sagte, ich hatte sowieso beschlossen, ihm weiter zu folgen. Nach einigen Kilometern standen wir dann vor einem Eisentor. Dahinter waren ein großer, schöner Garten und ein kleines Häuschen.

Der Mann schloss auf und ich durfte mit rein. „Herzlich willkommen in deinem neuen Zuhause", sagte der Mann. „Hiermit bist du jetzt mein Hund und ich bin dein Herrchen. Ich gebe dir einen typisch spanischen Namen. Von nun an heißt du: **PEPE**."

Interessant war, dass mein neues Herrchen glaubte, mich adoptiert zu haben. Dabei hatte ich doch ihn ausgesucht. Aber sollen die Menschen doch ruhig glauben, schlauer zu sein als wir Hunde. Ist doch egal, Hauptsache, ich hatte ein neues Zuhause und einen Rudelführer (Herrchen).

3. Das fängt ja gut an …

Ich befand mich also in einer neuen Umgebung: ein schöner, großer Garten mit Palmen, Oliven, Feigenbäumen, Zypressenhecke und vielen kleinen Blümchen und anderen Pflanzen. Da, wo kein Beet ist, liegt bei uns Kies.

Zuerst bastelte mir Herrchen einen Strick, den er mir um den Hals band. Daran befand sich die „Strickleine". Warum das alles, verstand ich und verstehe es bis heute nicht. Die Kinder und Enkelkinder von Herrchen laufen doch auch ohne Strick um den Hals frei herum, die anderen Menschen ebenfalls. Und die Nachbarskinder trampeln in ihrem Garten durch die Beete und werden nicht gleich angebunden so wie ich manchmal.

Von Anfang an durfte ich auch nicht ins Haus. Gerne hätte ich mal gesehen und vor allem gerochen, wie es dort so ist. Vermissen tue ich das nicht. Sollen die Menschen doch ruhig eingesperrt in ihrem Hauskäfig leben. Ich kann im Garten jederzeit frei herumlaufen.

Nun zurück zu meinem ersten Tag im neuen Zuhause: Kaum hatte ich also den Strick um den Hals, da nahm mich mein Herrchen und setzte mich doch tatsächlich in so ein stinkendes Ding mit den vier schwarzen Beinen (Auto). Er saß links und hatte ein rundes Ding vor seinem Bauch, das er immer wieder drehte. Ich dachte: Was ist das ein nervöser Pitter. Mit den Füßen trampelte er auf verschiedene Pedale, immer und immer wieder. Ich musste vorne, unten rechts liegen. Sah nichts. Das war vielleicht gemein. Es war ja meine erste Autofahrt. Es kam, wie es kommen musste: Durch das ganze Geschaukel wurde mir schlecht. Aber er war selbst schuld, dass er mein Erbrochenes wegmachen musste. Warum waren wir nicht mit dem Fahrrad gefahren? War doch viel schöner für mich.

Was dann alles passierte, nachdem wir ausgestiegen waren und eine Tierarztpraxis betreten hatten, war überhaupt nicht lustig für mich. Der Arzt fasste einfach in meine Schnauze und fummelte an meinen Zähnen herum. Ich wurde von Herrchen festgehalten, weil ich böse wurde. Gerne hätte ich dem Arzt mal so richtig in seine stinkende Hand gebissen. Dann stach er mich auch noch in den Po. Unverschämtheit! Eine Tablette wurde mir auch noch ins Maul geschoben. Am liebsten wäre ich damals wieder in meinen Straßengraben zurückgekrochen.

Wir fuhren anschließend weiter. Hinter unserem Auto war so ein Rappelding mit zwei schwarzen, runden Beinen festgemacht (Anhänger). Damit holten wir eine Holzkiste. Diese Holzkiste wurde zu Hause auf die Terrasse gestellt.

„Das ist deine Hundehütte", sagte Herrchen.

4. Mein erster Ausflug an Strand und Meer

Bevor ich vom Ausflug am nächsten Tag erzähle, muss ich noch sagen, dass ich in meiner neuen Hütte ganz gut geschlafen habe. Auch hatte ich ein richtiges Bauchgeschirr mit Leine bekommen, ebenso Fress- und Saufgefäße und natürlich gutes Aufbaufutter. Alles vom Feinsten. Na ja, damit war der erste Arztbesuch verziehen.

Wir fuhren also los zum Strand. Heute kenne ich das alles ganz gut, damals war das furchtbar aufregend für mich.

Jetzt muss ich unbedingt zwischendurch noch Folgendes sagen: „Mein Herrchen schreibt das alles auf, so wie ich ihm das in meiner Hundesprache mitteile, es empfunden, gesehen und gehört habe. Natürlich versteht er mich nicht ganz und ich habe auch den Eindruck, dass er manches nicht so gerne schreibt, Dinge, bei denen er oder andere Menschen nicht so gut wegkommen. Manches, das muss ich ehrlich sagen, verstand ich nicht sofort, zum Beispiel Sachen, die ich lernen sollte und musste: Sitz, Platz, Hierher, Komm, Lauf und anderes. Der Umgangston dabei ist einfach unhöflich. Mein Mensch sagt ja auch nicht zu anderen Menschen: „Hierher." Da heißt es dann ganz höflich: „Kommst du bitte?" Aber das ist zwischen Menschen wohl etwas anderes ... Egal, ich habe mich daran gewöhnt. Nun zurück zum Strandausflug.

Als wir ankamen und ich aus dem Auto lief, fühlte ich etwas angenehm Warmes, Weiches unter meinen Pfoten. Ja, es war Sand.

Ich rannte los und stellte mich auf eine Düne, um einen Überblick zu bekommen, wo ich mich befand. Man kann sagen, dass ich vom Anblick der riesigen Wasserschüssel überwältigt war. Die war ja Millionen Mal größer als mein Trinknapf. Auch rauschte das Wasser so laut, dass es anfangs in meinen Ohren wehtat. Dazu muss man wissen, dass Hundeohren viel mehr hören und empfindlicher sind als Menschenohren. Besonders höhere Töne, die Menschen gar nicht mehr wahrnehmen können, können wir Hunde gut hören.

Unten am Wasser liefen noch viele andere Menschen. Zunächst einmal rannte ich hinter denen her. Was hatten die da zu suchen, fragte ich mich. Die Folge war, dass Herrschen fürchterlich schimpfte und ich an die Leine kam. Dabei hatte ich durchaus Erfolg bei einigen Menschen. Die hatten ganz schön Angst vor mir. Ich wollte doch nur erreichen, dass wir alleine am Strand waren.

Dann gingen wir gemeinsam ganz ans Wasser zu den Wellen. Immer und immer wieder kamen neue, das hörte gar nicht auf. Darauf war ich so böse, dass ich die über eine Stunde verbellt habe, bis ich fast heiser war. Ins Wasser bin ich nicht gegangen. Das war ganz nass und schmeckte eklig nach Salz.

Heute belle ich nicht mehr und gehe auch ein bisschen ins Wasser. Viel gelernt habe ich, was? Aber das Geheimnis des Salzwassers habe ich später noch herausgefunden. Immer und immer wieder habe ich im Meer an verschiedenen Stellen probiert – ekelhaft, überall nur Salzwasser. Fast musste ich mich übergeben.

Eines Tages gingen wir dann an einen anderen Strandabschnitt. Dort waren mehrere hohe, weiße Berge, direkt am Wasser. Oh, lecker sah das aus, ich dachte, es sei Zucker. Nichts wie hin, probieren. Dann das Entsetzen: Nein, es durfte nicht wahr sein, das waren Salzberge! Nun wusste ich auch, warum das Wasser so salzig schmeckte: Die Menschen kippten ständig Salz von den hohen Salzbergen ins Wasser. Warum? Vielleicht damit wir Hunde das Meer nicht leertrinken? Keine Ahnung. Weiß es von euch jemand?

Dort, wo wir Bergwanderungen machen, gibt es auch schon mal kleine Seen. Aus denen trinke ich auch. Das schmeckt nicht salzig, das Wasser, sondern richtig lecker. Bestimmt ist es den Menschen zu anstrengend, das Salz die Berge hochzuschleppen und damit das Wasser zu versauen.

Beim Diktieren der letzten Sätze schielte Herrchen mich so seltsam an. Auch stupste er mich leicht und machte Grummellaute.

Keine Ahnung, warum. Ist mir auch egal, da wir eine Abmachung haben: Er schreibt auf, was ich diktiere, ohne Kommentare. Wo kämen wir sonst hin, dann wäre er ja der Schriftsteller und nicht ICH. Nein, so nicht, mein Herr!

5. Mein bisher schlimmstes Erlebnis

Einige Tage später fuhren wir wieder zum Tierarzt. Ich ahnte gleich Schlimmes, als ich das Haus betrat. Es roch alles so komisch, ekelhaft. Mein Herrchen gab mich ab und versprach, mich abends wieder abzuholen. Der Arzt und eine Assistentin legten mich auf einen kalten Aluminiumtisch und piksten mich wieder in den Po.

Als ich dann irgendwann nachmittags aufwachte – die hatten mich betäubt –, traute ich meinen Augen nicht. Ich glaubte erst gar nicht, was ich sah und bemerkte. Oh, grausam! Um meinen Hals hatten die einen Grammophontrichter festgemacht. Somit konnte ich noch nicht einmal nachsehen, wodurch die Schmerzen zwischen meinen Hinterbeinen verursacht wurden. Auch meinte ich, dass etwas fehlte. Oh, grausam! Oh, Scheibenkleister, was war passiert? Ich traue mich eigentlich nicht, hierüber Auskunft zu geben. Jedoch kennt ihr mich ja nicht, deshalb ist es egal, ob ihr es wisst. Ganz genau gesagt: Man hatte mich kastriert! Das hat man getan, damit ich keine Lust auf Hundedamen habe und denen auch keine kleinen Hunde machen kann. Schrecklich, grausam, eine Sauerei! Wenn man das Gleiche früher mit meinem Herrchen gemacht hätte, gäbe es nicht seine zwei netten Töchter und die fünf tollen Enkelkinder. Darüber hat er wohl noch nie nachgedacht. Schrecklich, grausam, Sauerei! Das werde ich ihm so schnell nicht verzeihen. Immer wieder muss ich daran denken, wenn mir eine nette Hundedame über den Weg läuft. Außer, dass mir das Wasser über die Zunge runter und aus dem Maul läuft, passiert nichts.

6. Mein weiteres Leben

Es ist unglaublich, was ich alles so lernen musste. Ich habe Schönes und auch nicht so Schönes erlebt. Ein böses Erlebnis war Folgendes: Wir gehen oft von zu Hause aus spazieren. In einiger Entfernung sehe ich einen Mann mit seinen zwei großen Schäferhunden auf der anderen Straßenseite (es war noch ein Graben dazwischen). Ich renne vor Freude los, um die beiden Nachbarhunde zu begrüßen. Dass mein Herrchen nach mir geschrien hat, hörte ich vor lauter Aufregung nicht.

Als mich die Schäferhunde sahen, waren sie überhaupt nicht freundlich. Sie kamen ganz bösartig auf mich zu gerannt. Hatten schon Schaum vor dem Maul. Einer kam von rechts, der andere von links, um mich zu schnappen. Ich schrie und jaulte, auch vor Schmerz. Denn einer hatte mich an der Vorderpfote erwischt und der andere an meinen Lefzen. Klar blutete das. Die wollten mich regelrecht zerfleischen. Unsere Herrchen haben vergeblich auf die Bluthunde eingeschlagen. Fast hätten die mich alle gemacht. Ich wurde nur dadurch gerettet, dass mein Herrchen wegrannte und immer wieder „Pepe, Pepe" rief. Das veranlasste mich, hinter ihm her zu rennen, bis wir aus der Gefahrenzone waren. Ein schreckliches Erlebnis.

Ansonsten sind meine Lieblingsbeschäftigungen: hinter oder neben dem Fahrrad her rennen, mit Herrchen joggen, beim Wandern in den Bergen herumtollen. Bei den Wanderungen schaffe ich locker die doppelte Strecke. Ganz super finde ich Autorennen. Kurz vor unserem Haus darf ich aus dem Auto herausspringen. Dann renne ich vor dem Ding her, bemühe mich, dass es mich nicht überholt. Ich erreiche dabei bis zu 50 Stundenkilometer. Toll was?

Was mein Mensch überhaupt nicht mag, ist, wenn ich zum Beispiel die Wäsche von der Leine hole und die Wäscheklammern (hmmmm, lecker Plastik) zerkaue. Der macht dann vielleicht immer ein Theater. Oder wenn ich, wenn Herrchen etwas Neues im Garten gepflanzt hat, am nächsten Tag nachsehe und dann selbst umgrabe. Muss doch wissen, was da Neues in der Erde ist, oder?

Ganz toll ist es, wenn zwei der Enkelkinder zu Besuch kommen. Die kann man so schön ärgern, aber auch besonders gut mit ihnen spielen.

Wie ihr seht, verstehen wir uns wunderbar. Dennoch habe ich bemerkt, dass sich Menschen und Hunde nicht immer korrekt verstehen. Folgendes Erlebnis macht das deutlich: Eines Tages kam Herrchen mit einem großen Karton unter dem Arm nach Hause. Natürlich habe ich diesen gleich von allen Seiten beschnüffelt. Es roch nach Plastik und anderen für meine Hundenase blöden Gerüchen. Na ja, Herrchen packte aus. Er bastelte die zwölf schwarzen Stangen mit Schirmen zusammen. Ich hatte keine Ahnung, wozu das gut sein sollte. Dann wurden die Dinger in verschiedene Beete im Garten gesteckt. Okay, so weit, so gut. Als ich in der folgenden Nacht mal wach wurde, konnte ich nicht fassen, was ich da sah. Ich glaubte es einfach nicht: Die schwarzen Dinger leuchteten alle. Das wollte Herrchen bestimmt nicht. Waren da Leuchtgeister drin?

Also, nachdem ich meinen ersten Schock überwunden hatte, machte ich mich sogleich an die Arbeit. Ich buddelte die blöden Dinger alle aus den Beeten. Dann zerbiss ich sie solange, bis die Leuchtgeister ihren Geist aufgaben. Zufrieden und stolz legte ich mich wieder hin. Im Traum freute ich mich schon auf die Belohnung für meine schwere Arbeit. Es blieb aber leider nur ein Traum. Am nächsten Morgen trat Herrchen verschlafen auf die Terrasse, schaute sich um und fing sofort fürchterlich an zu toben. Unglaublich, dass ein Mensch am frühen Morgen so herumschreien und fluchen kann. Unter anderem schrie er mich an: „Wie kannst du nur die Solarlampen, die ich extra im Baumarkt gekauft habe, kaputt machen, du blöder Hund?"

Da habe ich mich aber in Windeseile in die äußerste Ecke meiner Hundehütte verzogen. Ungerecht, gemein war das von ihm, blöder Mensch! Dann wurde ich auch noch damit bestraft, dass ich kein Fressen bekam. Man sollte Herrchen auch mal nichts zu fressen geben, wenn er Blödsinn gemacht hat, aber glaubte, etwas Gutes getan zu haben. Dann wäre sein Bauch vielleicht auch so schlank wie meiner. Na ja, ich wundere mich ja öfter, dass Menschen viel größere Köpfe haben als ich. Dabei scheint da viel weniger drin zu sein. Oder?

Tennisspieler

Weil mein Herrchen viel Tennis spielt, habe ich beschlossen, das auch zu lernen. Das klappt schon ganz gut, wie man sieht.

7. Meine ungenehmigten Ausflüge

Nachdem ich mich sehr gut eingelebt habe, auch mit vielen Spaziergängen und Radtouren hier in der Gegend, kenne ich mich bestens aus. Auch was die anderen Hunde in der Umgebung angeht. Da habe ich einen speziellen Freund kennengelernt. Wohnt nicht sehr weit von uns. Ein schwarzer Cocker. Mit dem unterhalte ich mich am Zaun. Ich muss wohl einmal etwas länger unterwegs gewesen sein. Herrchen hat mich schon gesucht. Das Frauchen vom Cocker hat mich dann nach einigen Stunden entdeckt und mich mit ihrem Geländewagen zu mir nach Hause gebracht. Herrchen staunte nicht schlecht, als ich ankam. Zumal ich auf dem Beifahrersitz saß und schön aus dem Fenster schauen konnte. In unserem Auto darf ich ja nur unten im Fußraum liegen.

Warum ich Schimpfe bekam, habe ich nicht verstanden. War doch nur auf Nachbarschaftsbesuch.

Am nächsten Tag wurde meine Geschichte brühwarm einem anderen Nachbarn am Zaun erzählt. Ich bekam dann mit, dass Herrchen sagte, Pepe sei wohl anders herum, weil der Cocker auch ein Rüde ist. Das fand ich doch seltsam. Ich behaupte ja auch nicht, dass Herrchen und der Nachbar anders herum sind, nur weil sie sich öfter am Zaun unterhalten. Zumal die beiden nicht einmal kastriert sind, glaube ich.

Achtung, persönliche Anmerkung von Herrchen: Hier sollten Mütter, Väter, Opas, Omas, Erzieher und andere, wenn

sie dies vorlesen, spätestens mit dem Sexualkundeunterricht anfangen.

Da ich aber gerne in Freiheit bin, nicht immer nur im Garten eingesperrt, machte ich mich ein anderes Mal wieder auf den Weg, haute ab. Aber woanders hin. Und siehe da, es funktionierte wieder, der Rückholtransport mit dem Geländewagen. Nach einem halben Tag hat die Nachbarin mich wieder mitgenommen. Schimpfe habe ich ausgehalten. Dann der Sonderausflug: Herrchen kam abends spät nach Hause, machte das Tor auf – und schwupp, weg war ich, auf und davon. Den ganzen Abend hatte ich schon Kaninchengeruch in der Nase. Die habe ich gesucht, natürlich auch Schlangen usw. Dann habe ich noch andere Hunde besucht, die ganze Gegend habe ich abgegrast, ich kenne mich ja bestens aus. Am anderen Morgen um 11 Uhr fand mich wieder die nette Nachbarin. Sie brachte mich wieder nach Hause – das war vielleicht ein Service. Aber diesmal gab es mächtig Schimpfe. Habe ich aber nicht verstanden, da ich ja die ganze Gegend nachts auch nach Einbrechern abgesucht hatte. Das bringt denen doch auch Sicherheit. Aber das war dann wohl doch zu viel.

Ich war dann auch platt nach meinem langen Ausflug, habe mich bis abends nicht mehr gerührt.

Jetzt habe ich mir vorgenommen, nicht mehr abzuhauen. Ob ich das wohl schaffe? Immer wieder zieht es mich hinaus, zum Ärger von Herrchen ... Im Übrigen, das muss ich auch noch loswerden, das mit dem Abhauen und so … Vor Kurzem haute Herrchen ab nach Deutschland. Er erklärte mir, dass ich nicht mitkommen könne, da er dorthin fliegen würde. Na und? Was weiß ich schon, was Fliegen ist, kann ich doch auch, wenn Herrchen das kann. Dann sagte er noch, in Deutschland wäre tiefer Winter mit Schnee und Eis. Na und? Was weiß ich, was das ist. Wenn Herrchen das aushält, ich schon lange.

Na ja, in meinen Augen ist er auch abgehauen, das sogar vier Tage lang. Also was soll das Geschimpfte, wenn ich mal abhaue?

Und was ich auch noch anmerken möchte: Ich habe festgestellt, dass es einen großen Unterschied macht, ob man als Vierbeiner oder Zweibeiner auf die Welt kommt. Hierzu nur ein Beispiel von vielen, die mir aufgefallen sind: Es geht ums Autofahren. Da liege ich immer unten rechts im Fußraum, ganz entspannt, mache ab und zu die Augen zu und halte ein Nickerchen. Nicht so mein Herrchen. Auch wenn wir zwei bis drei Stunden unterwegs sind, dreht er während der ganzen Zeit an dem runden Ding vor seinem Bauch. Und er trampelt ständig auf den drei Pedalen mit den Füßen herum. Nicht eine Minute macht er mal die Augen zu und entspannt sich mit einem Nickerchen. Ich sagte ja schon: Was für ein nervöser Pitter.

Insgesamt will ich euch aber sagen, dass ich es sehr, sehr gut habe und mich wunderbar und hundewohl fühle. Toll hier. Ich werde mir auch weiter alles merken, was noch so passiert. Herrchen bitte ich, auch in Zukunft alles aufzuschreiben. Bis dahin wünsche ich euch alles Gute, seid lieb und nett zu allen Tieren, aber auch zu den Menschen.

Es grüßt euch herzlich,

euer Pepe

8. Nachwort von Herrchen

Nun ist es leider, leider nicht mehr möglich, dass Pepe mir seine Erlebnisse weiterhin erzählt und ich sie aufschreiben darf. Er ist am 23. Dezember, einen Tag vor Heilig Abend, auf Nimmerwiedersehen verschwunden. Alle Menschen, die Pepe kannten, sind sehr, sehr traurig. Ich natürlich ganz besonders, weil Pepe mein ganz besonderer Hund war.

Ich bin mir sicher, dass er jetzt im Hundehimmel ist und zuschaut, wer seine Geschichten gerade liest. Er wird sich in aller Stille bei euch bedanken, die sein Büchlein gelesen und so viel Interesse an seinem Leben zeigten. Er hatte wirklich ein wunderbares Hundeleben …

Autorenvita zum Buch
„Pepe, der spanische Hund, erzählt"

Der Autor wurde in den Nachkriegs-
wirren 1945 in Utrecht, Niederlande,
geboren. Seine Mutter war Nieder-
länderin und sein Vater Deutscher.
Erst Jahre nach seiner Geburt durfte
er nach Deutschland ausreisen. Seine
Kindheit verbrachte er somit über-
wiegend bei seinen Großeltern sowie
deren neun Kindern, die ihm als Geschwister galten, in den Niederlanden.

In Deutschland dann, nachdem er
die Schule und eine Lehre als Kaufmann abgeschlossen hatte,
trat er in den Beruf des Finanzkaufmanns ein. Das Wissen über
Volkswirtschaftslehre holte er über den zweiten Bildungsweg in
einer Akademie nach. Es folgte eine Karriere als Vertriebs- und
Marketingmanager in einem bedeutenden international tätigen
Finanz- und Versicherungskonzern.

Nach Ende der aktiven Berufszeit zog sich der Autor auf seinen
Ruhesitz in Spanien zurück. Dort fand er Muße, die erlebten
Geschichten seines Hundes, die ihm von diesem diktiert wurden,
unter Spaniens herrlicher Sonne aufzuschreiben und dieses Buch
verlegen zu lassen.